KB199213

치유,
사랑이
답이다

먼저 글을 쓰게 하신 하나님께 감사와 영광을 드립니다. 저는 그저 순간의 감정을 글로 담아 보았을 뿐인데, 이렇게 시집을 내게 되었습니다.

좋은 시작 소산을 혼자서만 가지고 있지 말고 더 많은 사람들과 나눌 수 있도록 시집으로 묶어 보라며 출판사까지 섭외해 주시고 따뜻한 격려를 아끼지 않으신 「풀꽃」 시인 나태주 교장선생님께 깊이 감사드립니다. 직접 발문까지 써 주시겠다고 하시며 제게 용기를 주셨습니다.

그분의 글을 읽으며 글쓰기를 배웠고, 그분의 철학을 통해 더 좋은 시를 쓰고자 노력해 왔습니다. 그 길 위에서 이렇게 첫 시집을 내게 되어 감회가 남다릅니다.

그리고 무엇보다도, 언제나 제 곁에서 시를 읽어주고, 첫 시집을 내도록 응원해 준 사랑하는 아내, 권희정에게 이 글을 빌려 감사와 존경, 그리고 사랑을 전합니다.

그동안 매주 월요일 아침에 SNS 가족들과 함께 나누었던 시편들을 모았습니다. 댓글로 격려해 주신 SNS 가족들께도 감사드립니다.

이 시집은 마음이 힘들고, 어렵고, 흔들리는 사람들에게 작은 위로가 되기를 바라며 엮었습니다. 저의 시가 누군가에게 응원과 격려, 축복과 기도가 될 수 있다면, 그것만으로도 저는 충분히 행복할 것입니다. 이 책을 펼쳐 주신 독자님의 삶에도 따뜻한 위로와 용기의 순간들이 함께하길 기도합니다.

2025년, 봄

신철식

차례

시인의 말 _ 2

제1부 : 너를 사랑해

너를 사랑해 _ 10 / 부부란 _ 12 / 미쳐라 _ 14 / 함께

그리고 같이 _ 15 / 걱정 마라 _ 16 / 효도 _ 18 / 혼자 _ 19 / 책과 동

행 _ 20 / 첫눈 _ 21 / 난 추억을 먹고 산다 _ 22 / 난 억울해 _ 24 / 내

가 있어야 할 곳 _ 28 / 꿈을 이루는 하루 _ 29 / 작아도 강하다 _ 30 /

보배 _ 31 / 자유평안치유 _ 32 / 개울물에 비친 내 모습 _ 33 / 야간

산행 _ 34 / 길·2 _ 35 / 아침 마실 _ 36 / 산다는 것 _ 37

제2부 : 맛있는 소리

뽀드득 뽀드득 _ 40 / 도덕성 _ 41 / 아내의 행복 _ 42

/ 완전한 착각 _ 44 / 동장군의 생떼 _ 45 / 내가 보기엔 _ 46 / 나를

사랑해 보아요 _ 47 / 내 인생 _ 48 / 아름다운 세상 _ 49 / 좋다 _ 50 /

맛있는 소리 _ 51 / 징글징글하게 좋다 _ 52 / 설거지 소리 _ 53 / 책을

읽어 주는 엄마 _ 54 / 궁둥이 _ 55 / 발톱깎이 _ 56 / 재잘재잘 _ 57 /

니나 잘하세요 _ 58 / 자리 _ 59 / 가위바위보 _ 60

제3부 : 다시 일어나라

매화꽃 향기 _ 64 / 친구 _ 66 / 행복한 동행 _ 67 /

생각하기 나름 _ 68 / 할머니와 손녀 _ 70 / 띤죽 _ 72 / 새출발 _ 74 /

기도 _ 75 / 우중 암벽산행 _ 76 / 김밥 옆구리 터진 소리 _ 78 / 내 친구 _ 80

/ 겨울 산새 _ 81 / 작가들의 문학기행 _ 82 / 생명력 _ 84 / 가장 귀한 보

배 _ 86 / 기적 _ 87 / 다 알아야 되는 삶 _ 88 / 부부송 _ 89 / 너의 태양 _ 90

/ 다시 일어나라 _ 91 / 내 마음속의 빈 의자 _ 92 / 일상으로 복귀 _ 93

제4부 : 높이 멀리 비상하라

밥상 _ 96 / 길·1 _ 97 / 잠은 축복이다 _ 98 / 고추 먹

고 맴맴 _ 100 / 다음 세대 _ 102 / 섬생이 _ 103 / 나만 몰랐다 _ 104 /

호박꽃 _ 105 / 과하면 탈 난다 _ 106 / 좋은 인생 _ 107 / 사는 이유 _ 108

/ 종돈 _ 109 / 며늘아기·2 _ 110 / 며늘아기·3 _ 111 / 되돌아가는 지

혜 _ 112 / 공부 공부 공부 _ 113 / 지혜로운 사람 _ 114 / 님의 해 _ 115

/ 할미꽃 _ 116 / 높이 멀리 비상하라 _ 118

제5부 : 힘내라 힘

그대 _ 122 / 변화 _ 123 / 희망의 빛 _ 126 / 내일 일은

내일 걱정 _ 128 / 첫 강연 _ 130 / 행복한 사람 _ 132 / 징검다리 _ 133

/ 엄마의 인생 _ 134 / 고드름 _ 135 / 딱따구리 _ 136 / 사춘기 _ 137 /

네 가슴속의 별 _ 138 / 짧은 인생 _ 139 / 힘내라 힘 _ 140 / 단비 같은

삶 _ 141 / 쉿! 핸드폰 _ 142 / 익은 곡식 _ 143 / 짝꿍 _ 144 / 그대의

얼굴 _ 145 / 잔상 _ 146 / 바라지 마세요 _ 147

에필로그 _ 148

발문: 동심의 시인 천심의 시인(신철식 시집 『치유, 사랑이 답이다』에 부쳐)
  - 나태주(「풀꽃」 시인) _ 152

백두대간 길(고치령-도래기재). 선달산 옹달샘 옆 이슬 먹고 자란 '나도수정초'

제1부

너를 사랑해

너를 사랑해

사랑하는 내 딸아
내가 널 사랑한다

네가 너의 자리로
돌아올 때까지 문을 열어두고
널 기다렸단다.

네가 돌아오기를
네가 마음을 열기를.

네가 말없이 아파하고
힘들어할 때
나도 말없이 네 곁에서
너와 함께 아파하고 힘들어했단다.

사랑하는 내 딸아
그 자리가 네 자리란다!

네 알아요, 주님!

그 자리가 네가 살 길이요
복의 통로란다!

맞아요, 주님!
그 자리에 앉아만 있어도
포근하고 평안하고 행복했어요!

내가 널 사랑한다.
영원히!

사랑해요 주님
온 맘 다해!

부부란

세상에서 가장 가까운 사이
그러나 역설적이게도
가장 먼 사이

화성에서 온 남자와
금성에서 온 여자가 만나
한몸이 되는 것은 기적이다

그런데 부부의 연을 맺어
한평생을 맞춰가며 해로하는 것은
가히 예술이라 하겠다

부부가 사이가 좋으면
이보다 더 좋은 친구가 없다

그러나 사이가 좋지 못하면
'웬수'가 따로 없다

부부 사이를 좋게 하는 방법은
나를 버리고
내가 먼저 양보하고

내 말만 하지 말고
상대의 말에 귀를 기울여 주고
끝까지 인내하며 공감해 주고

내가 더 우월하다는
교만한 마음을 버리고
상대방의 우월성을 부각해서
자존감을 높여주고 세워줘라

상대를 이겨 먹겠다는
알량한 자존심은 버리고

상대가 원한다면
나의 습관까지도 바꿔가며
서로 맞춰가는 것이 부부가 아닐까?

미쳐라

미치지 않으면
미칠 수 없다.

목표가 생겼거든
그것에 미쳐봐라.

그러면
반드시 미칠 수 있다.

함께 그리고 같이

친구야
힘들 땐 힘들다고 말해줘
내가 늘 네 곁에 있어 줄게

내가 힘들다고 할 때
너도 내 곁에 있어주면 좋겠어

나는 네 곁에
너는 내 곁에

우리는
늘 함께 같이.

걱정 마라

너희 중에 누가 걱정한다고 해서
자기 키를 조금이라도 더
늘릴 수 있냐고 성경은 말한다

그러니 걱정 마라
걱정할 필요 없다
그대는 해야 할 일을 알고 있고
틀림없이 그대의 계획대로 될 것이다

그때까지는 그대가 앞으로 누릴
모든 삶을 위해 주어진 시간을
효율적으로 쓰고
그 시간에 감사하라

불평하고
가질 수 없는 것을 바라지 마라
그러면
그대는 행복한 삶을 살게 될 것이다

치유, 사랑이 답이다

걱정하지 말고 가진 걸 즐기면서
그대의 일을 해라
그러면 긴 인생
아주 즐거운 인생을 살게 될 것이다

그러니 걱정하지 마라
내일 일은 내일이 염려할 거란다

효도

내 기준이 아니라 부모님이 기준
내가 아니라 부모님이 먼저

부모님 말씀에 경청해 드려라
물질로도 섬기고 마음을 다해서 섬겨라

다음에 상황이 좋아지면 하겠다는
그 말만은 제발 하지 마라

부모님은 기다려 줄 수가 없다
세월이 흘러가는 것을
부모님인들 어찌 붙잡을 수 있겠는가?

효도의 으뜸은 자주 찾아뵙고
옆에 있어 드리는 것

무엇보다도 미루지 말고 곁에 계실 때
지금 하라!

혼자

혼자가 편한 사람도 있다
일을 처리함에 있어서
혼자 하는 게 더 효율적일 때도 있다

반면에 혼자는 외롭고
혼자 하면 더 힘들 때도 있다

혼자서는 사고의 균형을
잡기가 어려운 경우도 있다

그렇다고 혼자가 좋은 것만도 아니고
나쁜 것만도 아니다

혼자라면 편하고
혼자서도 씩씩하게 잘할 수도 있다

그럼에도 불구하고 혼자보다는 둘
둘보다는 셋이 더 좋지 않을까?

책과 동행

사람은 책을 만들고
책은 사람을 만든다고 했다.

책을 벗 삼아
우정을 돈독히 하라.

책이 너의 앞길을
밝히 인도할 것이다.

책과의 동행
그 멋진 길 끝에서

그대가 원하는 것을
만날 수 있을 것이다.

첫눈

첫눈이 내렸어요!
눈이 부시도록 아름다운
하얀 눈이에요

가로수는 새하얀
옷을 입고 있네요

공원의 어린 대나무는
아빠의 하얀 갑옷을 입고
힘겨웠는지 그만 누워버렸네요

하얀 눈을 뒤집어쓰고 있는
여리고 여린 꽃나무들은
어떻게 하면 좋아요

꽃들아 다음에 또 보자 안녕!

난 추억을 먹고 산다

지구상의 모든 피조물은
음식물을 통해 영양분을 골고루
섭취해야 생존할 수 있다
그게 하나님의 창조 섭리다

게다가
인간은 추억도 먹고 산다

현대인은 건강을 위해
각종 영양제를 챙겨 먹는다
그러나
예쁜 추억만큼 영양분이
풍부한 것도 없을 게다

추억은 인간이 살아가는
힘의 원동력이 된다

물론 좋은 추억만 있는 것은 아닐 게다
나쁜 추억은 삶을 병들게 한다
그러나
좋은 추억도 많은데 굳이 인생에
도움이 되지도 않는 나쁜 추억을
반추할 필요가 있겠는가

나쁜 추억일랑 내 맘속에서
조금씩 서서히 걷어내 버리자
봄에 파란 새싹 돋아나듯
새롭게 예쁜 추억이
싹트게 가꾸어보자

오늘도 어제의 추억을 먹으며
내일 먹을 양식인
예쁜 추억을 만들어 가는
복된 하루가 되길 소망해 본다

나는 오늘도 예쁜 추억을 먹고 산다.

난 억울해

주말에 날 좋으면 빨래를 할 계획이었다
근데 미세먼지가 심해서 미룬다
덕분에 우리는 무한 자유를 누린다

오늘은 퇴근 후에 힘들어하는 아내를 위해
어제 미뤄둔 빨래를 할 계획이다
아내가 집에 오기 전에 서두른다

아내가 먹거리를 바리바리 싸 들고 퇴근한다
옷도 갈아입지 않고 손만 대충 씻고서
딸아이의 늦은 저녁을 챙겨 먹인다
참 자식들에게 진심인 엄마다

잠시 후
산더미처럼 쌓여 있던 옷가지들이 안 보이는가 보다
빨랫감들이 어딨냐며 찾는다
세탁기로 돌리고 있다고 답한다

이제 본격적으로 심문審問이 시작된다

빨래는 불려서 돌리고 있는거냐
불렸다
그럼 세제는 넣고 불렸냐
넣고 불렸다

내일 아침에 하려고 했는데
내가 빨래하는 게 미덥질 못한가 보다

세탁기가 돌아가는 동안 주방 설거지를 한다
아내는 거실 침대에 누워 TV를 본다
차아암 한가롭고 평온한 모습이다
내가 바랐던 바로 그 모습이다
서둘러 빨래를 하고, 설거지한 이유다

세탁기가 다 돌았나 보다

빨래를 한 아름 꺼내온다

세탁기의 찌꺼기 주머니 청소를 먼저 한다

지난번에 이거 청소하지 않았다고

얼마나 쿠사리를 주던지

알려주지도 않았으면서

난 지금도 그게 정말정말 억울하다

TV에 진심이던 아내가 너는 걸 거들겠단다

미안했나 보다

빨래가 끝나고 너는데도 아내의 잔소리는

계속 이어진다

속옷은 손빨래한 후에 넣어야 하는데

양말도 주물주물한 후에 넣어야 하는데

아들 작업복은 분리해서 빨아야 하는데

치유, 사랑이 답이다

빨래가 끝났는데 어쩌라고

어쨌든 아내가 거들어 줘서 쉽게 빨리 끝났다
수고했다고,
고맙다고 한다
그 말 한마디에 서운한 마음도 풀린다
흐뭇하고 홀가분 맘으로 하루를 마무리한다.

내가 있어야 할 곳

건축물의 주춧돌은
바로 그곳에서
기둥을 받치고 있어야 한다

내가 있고 싶은 곳이 아니라
설계자가 설계한
바로 그곳 말이다.

내가 있어야 할 곳은 이곳
네가 있어야 할 곳은 그곳

우리 각자가 있어야 할 곳
그곳을 지키는 것이 바로
우리의 소명이다!

꿈을 이루는 하루

네가
생각하는 대로

네가
꿈꾸는 대로

네가
말하는 대로

모두 이루어지는

행복한 하루
멋진 하루

멋진 꿈
멋진 인생을 응원해요!

작아도 강하다

작다고 무시 마라
지난겨울
매서운 폭풍한설을 견디고
봄이 되어 활짝 피어 너를 반긴다

내 옆 소나무는 폭풍한설에
찢기고 넘어졌어도
난 꿋꿋하게 이 자리를 지킨다

너 작다고 기죽지 마라
작은 고추가 맵다질 않나

조금 늦다고 기죽지 마라
토끼와 거북이 달리기 경주에서
느린 거북이의 승리였다

나는 나의 꽃을 피우리니
그대는 그대의 꽃을 활짝 피우라.

보배

저기 보배들이 간다
길을 비켜라

빨강 티를 입고
노랑 가방을 메고 간다

청바지를 곱게 맞춰 입고
가을 나들이를 나왔나 보다

친구들과 나란히 나란히
손잡고 줄지어
미래를 향해 힘차게 나아간다

미래의 보배들이 간다
길을 비켜라

저들의 미래를 축복한다.

자유평안치유

님이 떠난
그곳은
쓸쓸함
외로움
황량함만 남아있는
사막입니다.

그대 떠난
이곳은 짓눌린 가슴을
뻥 뚫어줄 것만 같은
향기 가득한 꽃이
만발한
봄이랍니다!

개울물에 비친 내 모습

맑고 깨끗한 개울물에 비친
하늘은 푸르고 푸르다

맑고 깨끗한 개울물에 비친
나무는 구부러진 모습 그대로

맑고 깨끗한 개울물에 비친
나의 모습은

맑고 깨끗한 개울물에 비친
내 마음의 모습은

어떤 모습일까?

한 점 부끄럼 없는
그런 모습이고 싶다!

야간 산행

아, 22킬로미터 12시간 야간 산행
이 얼마만 인가?
백두대간 종주 야간 산행 후 5개월만 이다

졸립다. 몸은 천근만근이다. 누가 시킨들 이 짓을 하겠는가?
누군들 하고 싶어 하겠는가?

도전이 좋아서 하는걸. 지가 좋아서 하는 걸 어쩌겠나?

야간 산행은 누가 보면 미친 짓이라 하겠지만
못 말린다 굳이 말릴 필요도 없다

그렇다
그들이 좋아하고 잘하는 것을 찾도록 돕고
지지하고 응원하고 격려해 주는 것이
우리의 역할이고 할 일이다

걍 격려하면서
응원만 해 줄 뿐!

길·2

내가 걷고 있는 이 길은 처음부터 있지 않았다.
없었던 길을 처음 누군가 한 사람이 지나갔고

그 길을 누군가 다시 걸어갔고
누군가가 또다시 그 길을 걸음으로
오늘 내가 걷는 이 길이 된 것이다.

없었던 길을 묵묵히 걸어갔던 사람을
우리는 선구자라 부른다.

선구자가 개척해 놓은 길만
따라가기에는 염치없고
빚진 마음이 들지 않는가?

우리도 누군가의 선구자가
되어 봄 직도 하지 않겠는가!

아침 마실

이른 아침
어스름한 하늘을 가르며
둘이서 정답게 나는 저 새들은

아침 마실을 가는 걸까요?
아침을 먹으러 가는 걸까요?

아니면
아이들 먹이를
찾으러 가는 걸까요?

아무튼
참 예쁜 모습이지요!

산다는 것

잘 살아가려거든
내 밥그릇 건드리지 않거든

듣지도 말고
보지도 말고
말하지도 말라

아무것에도
신경 쓰지 마라

그냥
버리며 살라

포기가 아니라
내려놓는 삶이다

그게 속 편하고 좋더라!

섬 탐방(482개의 유인도 중 하나). 전남 신안군 흑산면 만재도에 가면 아름다운 섬을 마음에 담아올 수 있고, '여수댁'에 가면 바다의 진미를 맛볼 수 있어요!

제 2 부

맛있는 소리

뽀드득 뽀드득

뽀드득 뽀드득
누구 발자국 소리?

앞에 가는 개구쟁이
내 친구 발자국 소리지!

뽀드득 뽀드득
누구 발자국 소리?

쫄랑쫄랑 뒷 따르는
'코코' 발자국 소리지!

뽀드득 뽀드득
누구 발자국 소리?

우리집 귀염둥이
내 발자국 소리지롱!

도덕성

선후배 관계는 물구나무를 선지 오래고
부자유친이 웬 말이냐
장유유서 또한 물구나무선 지 오래다

군사부일체는 개뿔, 선생님은 고사하고
쌤이라며 인사도 않고 생깐단다

그나마 아직은 극소수라지만
웃픈 현실에 그저 웃는다

동방예의지국이라, 그거 요즘 애들은 듣보잡이라고 그래
삼강아 오륜아 이를 어쩌면 좋으냐

사과는 빠를수록 좋다잖던가
도덕성 회복도 빠를수록 좋을 게다

개인의 도덕성은 우리 각자各自의 삶의 질을 높이고
우리 삶의 가치와 의미를 부여하는
너의 소중한 경쟁력이란다.

아내의 행복

출근하려고 현관문을 나서는데
출근 시간이 촉박하다고 부탁한다
"김밥 좀 사다 주세요"

나도 바쁘다고 일언지하에 거절한다
서둘러 출근하는데 여엉 마음이 불편하다
아침 경건의 시간에도 계속 불편한 마음이 떠나지 않는다

불현듯 생각이 든다 큰 것을 부탁한 것도 아닌데
어려운 것을 부탁한 것도 아닌데
그깟 김밥 한 줄 사다 주는 게 뭐가 그리도 어렵다고
이렇게 불편해야 한단 말인가
아내가 바빠서 부탁한다잖는가

하던 일을 멈추고 아내에게 얼른 전화한다
너무나도 좋아한다 나도 좋다 행복하다

즐겁고 가벼운 마음으로
다시 출근한다

아침부터 아내에게서
다시 전화가 온다

"고맙다
사랑한다"

아내의 사랑 가득하고
솜털 같은 행복한 목소리가

파아란 가을 하늘 위로
봄 아지랑이처럼
피어오르는 듯하다

행복한 하루는
이렇게 시작되는가 보다.

완전한 착각

내가 아는 것이
전부라고 생각할 때 있었다

내가 생각하는 것이
절대 옳다고 생각할 때 있었다

어쩌면
그러기를 바랐는지도 모르겠다

지나고 보면
그게 아닌 경우도 있었다

그러기에
장담은 금물이지 싶다.

동장군의 생떼

지난주에
입춘이 지났건만

아직도 봄꽃은
얼굴을 보여주지 않고

동장군이 되돌아와
생떼를 쓰고 있다

아무래도 동장군이
늦바람이 났나 보다

생떼 쓴다고
봄이 안 오나?

이제 동장군은 잘 가고
오는 봄에게 길을 열어주렴!

내가 보기엔

내가 보기엔 그리 잘나 보이지는 않지만
세상에서 가장 아름다운 사람

오늘도 이른 아침에 아침밥을 차려서
함께 먹은 고마운 사람

같이 직장생활 하면서
피곤하고 지친 삶 가운데서도
내 몫까지 챙겨서 해주는 착한 사람

내가 보기엔
예쁜 꽃이요 사랑이요 버팀목이요 천사요
복댕이인 그대는 아름다운 꽃님이다

여행 같은 인생길을
사랑하는 꽃님이랑 함께 하니
나는 참 복이 터진 사람.

나를 사랑해 보아요

미워하지 말아요
그는 나의 미움까지도
받을 자격이 없는 사람

그를 미워하는 데 시간을 낭비하지 말아요
나를 사랑하는 데 시간을 쓰면 마음에
평안이 찾아와요

그대, 용서하려고 너무 애쓰지 말아요
조용히 기다려 보아요
내 마음이 움직일 때까지

그분의 음성에 조용히 귀 기울여 보아요
그리고
그분의 따스한 위로의
손길을 느껴 보아요.

내 인생

내 인생길을 되돌아본다.
발자국 하나만 보일 때가 있다.

나 혼자 내 생각대로
힘겹게 외로운 삶을 살아온 기간.

발자국 둘이 보일 때가 있다.
내 생각을 내려놓고
그분과 동행했던 행복한 기간.

그것은 내가 선택했던
나의 인생이다.

내 인생은 나의 것
선택도 나의 것
책임도 나의 것.

아름다운 세상

내가 맑고 네가 맑고 세상이 맑으면
얼마나 좋을까!

내가 밝고 네가 밝고 세상이 밝으면
얼마나 좋을까!

내가 깨끗하고 네가 깨끗하고 세상이 깨끗하면
얼마나 좋을까!

내가 따뜻하고 네가 따뜻하고 세상이 따뜻하면
얼마나 좋을까!

맑고 밝고 깨끗하고
따뜻한 세상을 꿈꿔 본다.

좋다

아이 좋아라!

좋다
그냥 좋다
차-암 좋다.

좋은데 이유가 있나요

그냥 좋은걸!

맛있는 소리

이른 아침 아내는 출근을 서두르면서도 내 식사를 챙긴다
오늘 아침 메뉴는 간장게장. 게딱지를 먹기 좋게 발라준다
서방님께 진심인 아내. 그래서 난 아내가 참 좋다
호르륵 호르륵 요란하게 먹는다. 아내는 맛있는 소리란다

맛있는 소리, 그건 식사를 준비한 아내에겐
행복을 주는 소린가 보다
아내는 연신 콧노래를 부른다. 기분이 좋은가 보다

호르륵 뚝딱 한 그릇 식사가 끝날 때까지 콧노래는
계속된다. 덩달아 나도 좋다. 참 행복한 아침 밥상이다

아내의 행복한 콧노래를 들으며 행복한 출근을 한다
난 참 행복한 남자

나같이 행복한 남자 세상에 또 있을까?

징글징글하게 좋다

보고 싶은 사람을 보니 좋다.

보고 싶지 않은 사람을
보지 않으니
징글징글하게 좋다!

설거지 소리

당신의 집 설거지 소리는 어떤가요?

엄마의 설거지 소리
아빠의 설거지 소리
아이의 설거지 소리

그릇 부딪히는 소리가 들리는 듯 마는 듯 딸그락거리나요
게다가 콧노래 소리까지 함께 들리나요
그럼 됐네요. 그건 행복한 소리니까요

근데, 혹시 폭풍에 쿵쾅쿵쾅!
물건 날아다니는 소리가 나나요
접시 깨지는 소리가 나나요

그건 심기가 매우 불편하다는 그분의 불길한 메시지
그땐 건드리지 않는 게 상책

그럼, 그대의 설거지 소리는요?

책을 읽어주는 엄마

지하철 안에서 엄마가 어린 딸에게
조용조용 속삭이듯 책을 읽어준다

이렇게 행복하고 예쁜 모습을 볼 수 있다는 게
너무너무 행복하다

정말 멋있는 모습. 아름다운 모습
세상에서 가장 사랑스러운 모습이다
이보다 더 사랑스러운 모습이 또 어디 있을까!

아이야!
넌 세상에서 가장 행복한 아이란다
나도 너의 행복한 모습을 보면서 행복했단다

내게 행복을 준 아이야 고마워
늘 밝고 건강하고 행복하게 잘 자라렴

아이야 안녕!

궁둥이

원하는 대학에 가고 싶은가
그럼 궁둥이로 가라

원하는 회사에 취업하고 싶은가
그럼 궁둥이로 취업해라

인생의 목표를 달성하고 싶은가
그럼 궁둥이로 달성해라

궁둥이가 중요하다
궁둥이가 진득해야 한다

궁둥이는
모든 성공의 모체와 같다

궁둥이에서 답을 찾아라.

발톱깎이

온종일 집안일로 힘든 아내가 모처럼
발톱을 깎아달라고 발을 내민다

첫 아이 임신했을 때 배가 불러 허리가
굽혀지지 않아 내가 깎아 주면서
시작된 일상이다

지극정성을 다해
조심스럽게 발톱을 잘라준다

"서방님이 발톱을 깎아 줄 때가 가장 행복하다"며
코맹맹이 소리를 내며 웃는다

아내의 행복이
나의 행복이다

아내가 행복하니
난 더 행복하다!

재잘재잘

여기저기서 크게 혹은 소곤소곤 옆 짝꿍과 속삭이듯 재잘거린다.
초등학교 교실에서 선생님이 들어오기 전의 모습과 흡사하다.

초등학교 교실이 아니다. 정년퇴임을 앞둔 중등학교
교장 선생님들의 교감연수 동기 정기모임의 모습이다.

재잘거림은 반가움 그리움 행복
때로는 푸념 섞인 투정이다.
재잘재잘은 활력이다. 생기다. 위로와 격려다.
재잘재잘 소리는 아직 우리가 살아 있다는 기쁨이다.

살아있는 이 순간 더불어 재잘재잘 소리는 감사다.

재잘재잘은 살아 숨 쉬는 사람들의 활기 넘치는 행복한 삶의
모습이다. 재잘재잘은 좋은 선물이다.

재잘재잘. 우린 그냥 좋다!

니나 잘하세요

세상에서
제일 좋은 말
옳은 말
곧은 말만 고르고 골라

말만 그럴싸하게 잘하는 사람이 있다.
그런 사람치고 제대로 실행하는 사람 있던가?

삶은 말이 아니라 실천이다.
세상 사람 다 아는 걸 정작 본인만 모른다.
이를 어쩌면 좋아요?
누가 좀 알려주면 좋으련만.

하기야,
남의 말에 귀 기울여 듣지 않으려 하니
그게 더 문제다!

치유, 사랑이 답이다

자리

뛰지 마라
지하철 버스 안에서

던지지 마라
버스 지하철 안에서

앉지 마라
핑크 의자에

그 자린
내일 예쁘게 필 꽃님 자리다

앉지 마라
노란 의자에

그 자린
내일 나와 네가 앉을 자리다!

가위바위보

가위바위보!
아내와 내가 의사결정 할 때 쓰는 방법이다
TV 리모컨 쟁탈전 빨래 걷어 오기 같이
집안의 중대한(?) 의사결정은 방법이 중요하다
누구나 불만 없이 수긍할 수 있어야 한다

그런데 단판으로 하느냐 삼세판으로 하느냐로
치열한 공방을 벌인다
나는 단판 승부 아내는 삼세판을 고집한다

삼세판은 내게 불리하다. 아내는 고스톱의 대가다
대가답게 내 수를 다 읽는다. 난 고스톱의 고자도 모른다

요즘은 대부분 단판 승부로 결정한다
결과에는 군말 없이 깨끗하게 승복한다

우리는 지금도 요렇게 행복을 쌓아가고 있다
요게 행복이지 싶다.

백두대간 길(구룡령–조침령). 강원도 인제군 갈전곡봉. 모진 바람에 부러지고도 다시 일어나 위로 자라고 있는 나무!

제 3 부

다시 일어나라

매화꽃 향기

봄바람에 그윽한 꽃향기 실려 오는 매화밭
한 폭의 그림 같은 풍경을 자아낸다

봄을 유혹하는 매화꽃 향이
기어코 사람들을 밖으로 부른다

매화향 따라 이른 봄소식을 전하는 매화밭
따스한 봄볕 아래 꽃망울을 터뜨린
매화가 눈부신 자태를 뽐내는 이 봄

새하얀 솜털 이불을 덮어놓은 양
너무도 아름다운 매화나무

제아무리 예쁜 꽃도 며칠 있으면 이별이다
그 어떤 향수가 매화꽃 향을 품을 수 있겠는가
매화밭에서만 취할 수 있는 예쁜 향기
그래서 봄이면 사람들은 매화밭을 찾나 보다

치유, 사랑이 답이다

매화꽃 피고 지면 여름엔 매실이 주렁주렁 열린다
우리의 밥상에는 상큼한 매실 찬이 오를 거다

이 봄 하얀 눈꽃 가득한 매화 정원에서
향기로운 매화향에 취하고 싶다.

친구

친구란
보고 또 봐도 또 보고 싶은 사람
조금 전에 만나고 헤어졌는데도
또 보고 싶은 사람

오늘 밤 꿈속에서도 또 만나고 싶은 사람
나의 가장 귀한 것도 내어주고
늘 함께 있고 싶은 사람

늘 내 편이 돼준 사람
내가 필요할 때 곁에 있어 준 사람
내가 무슨 말을 해도 이해하고 공감해 준 사람
내가 어려움에 처했을 때 가장 먼저 달려와 준 사람

내 친구가 돼 줘서 고마워
친구야, 내가 너의 그런 벗이 돼 줄게.

행복한 동행

함께 길을 걷는다

함께 비를 맞는다

같이 우산을 쓴다

같이 있어 준다.

생각하기 나름

울려고 내가 왔던가
웃으려고 왔던가
가수 고운봉은 노래한다

모든 일은 생각하기 나름이라 했다
아무리 힘들고 어려운 상황이라도
불평불만을 먼저 말하기보다는
그 상황 그대로를 받아들인다면
힘든 상황이 조금은 더
쉬워질 수도 있을 것이다

우는 자에겐
우는 결과가
웃는 자에겐
웃는 결과를 낳는다.

긍정적인 생각은
긍정적인 결과를
부정적인 생각은
부정적인 결과를 낳게 된다

거울 앞에 서 보라
내게 방긋 윙크를 보내봐라

내 모습이
얼마나 멋져 보이는가

이전의 내 모습보다
훨씬 더 멋져 보이질 않는가?

생각을 바꾸면
인생이 바뀐다!

할머니와 손녀

법주사를 관람하고 내려오는데
길가에 수많은 노점 매대가
놓여있고 호객도 하지만
보지도 않고 지나쳐왔다

한참을 내려오고
늦은 시간이라 철수하는 곳도 있다

한적한 매대들 가운데
들리는 듯 마는 듯
아주 작은 목소리가 들린다

"아주 달아요 맛있어요"

어리고 예쁜 여자아이가
할머니 대신 외치고 있었다

아니 외친 게 아니라
속삭이고 있었다

어린 손녀는 학교에 다녀와서
친구들과 노는 것 대신

그곳에서 할머니를
돕고 있었던 것이다
얼마나 예쁜 마음인가

그 모습이 너무 예뻐서
얼른 한 봉지를 사서 가방에 넣고
아이에게 착하다고
인사를 하고 길을 간다

할머니를 돕는 그 예쁜 아이에게
용돈이라도 주고 왔어야
하는데 너무 아쉽다.

띤죽

띤죽은 지극히 서민적인 음식
끓는 물에 밀가루 반죽을 손으로 떼어
국물에 넣어 끓여 먹는 음식

그렇지만 내게는 아픔이 있는 음식
아주 어린 시절 들판에서 늦게까지
가을걷이하고 집에 돌아와
가장 빠르고 쉽게 만들 수 있는 음식이
바로 띤죽이다

피곤하고 배가 고픈데도
나는 부삭*에 불을 때고
엄마는 반죽을 손으로 떼어 넣고
끓인 후 한 그릇씩 나눠 먹고 잔다

대학 신입생 때
친구들과 점심시간에
분식집에 간 적이 있다

* 아궁이의 방언

메뉴를 고르는데 '수제비'가 있어
물어보니 맛있다고 시켜 보란다

막상 수제비를 받고 보니
띤죽이 아닌가

이런 난감할 때가 있나
버릴 수는 없고
일단 먹는다

그 맛이 그 맛이지
뭐 별수 있겠는가?

난 그 이후로 지금까지
띤죽 아니
수제비는 먹지 않는다.

새출발

푸르른
새봄
새 학년 새 학기

모든 것이 새로운

새날
새 아침

새롭게
우주선처럼

힘차게 힘차게
하늘 높이
날아올라 보자!

기도

주여
은혜가 아닌 것은
보지 않게 하소서

주여
은혜가 아닌 것은
듣지 않게 하소서

주여
은혜가 아닌 것은
보이지 않게 하소서

주여
은혜가 아닌 것은
들리지 않게 하소서

주여
은혜가 아닌 것은
생각도 나지 않게 하소서!

우중 암벽산행

칠흑 같은 우중 암벽산행
위험하지만 스릴 만점이다

조심하라고 격려하면서
헤드랜턴도 비춰주면서
가파른 암벽을 오른다

좋은 날씨에
그냥 오르기도 힘든 암벽을
어두운 밤 젖은 밧줄에
비옷까지 입고 암벽을
오르기는 쉽지 않다

때로는
이런 야밤에 왜 이런 짓을 하는지
우습기도 하고
재밌기도 하다

인적이 드문
등산로 옆에서
헤드랜턴 불빛에 빛나는
예쁘게 펴있는 들꽃을
카메라에 담아 본다

칠흑 같은 야밤에
수직 암벽을 오르는
장거리 산행이 다들 힘들고
위험하다고들 하는데
난 왜 이리도 신이 나는 걸까!

김밥 옆구리 터진 소리

우리는 쓸데없거나
말이 안 되는 소리를 할 때
김밥 옆구리 터진 소리 하지 말라고 한다

말이 많은 사람
자기주장이 지나치게 강한 사람
다른 사람의 말에
귀 기울이려 하지 않는 사람

근거도 없고
별생각도 없이
그냥 내뱉고 보는 사람들이
주로 듣는 핀잔이다

오죽했으면
침묵은 금이다
가만히 있으면 중간이라도 간다
라고 했겠는가

참치 김밥이든

야채 김밥이든

가운데 재료들이

김밥 이름을 대표하지만

그 주위를 감싸는 밥과 김이

충실히 배경 역할을 해주어야

김밥의 가치가 산다.

김밥 본연의 맛을 내기 위한

최선의 방법은

입은 닫되

귀는 열어두며

독서를 통해

사고력을 넓히면 되지 않을까?

내 친구

늘 보고 싶고
만나고 싶은 너

또 보고 싶고
만나고 싶은 넌

내 친구!

늘 생각나고
함께 놀고 싶은 너

또 생각나고
함께 놀고 싶은 넌

넌 내 단짝 친구!

겨울 산새

찌르르 찌르르
어디선가 지저귀는 새소리가 난다

눈이 소복이 쌓인 가지를 옮겨 다니며
'눈 털기' 놀이를 하는가 보다

아주 쪼끄맣고 귀엽고 가녀린 새들이 마실을 나왔나 보다
이 추운 겨울 폭설이 내리는데 어떻게 나왔나
엄마 몰래 나왔겠지

먹을 것을 찾아 나왔나 운동하러 나왔나
먹을 거라고는 하얀 "눈 밥"뿐인데

운동 나왔거든 날 풀리면 하렴
엄마한테 들키기 전에 얼른 들어가렴

얘들아 굶지 말고
씩씩하게 다시 만나자.

작가들의 문학기행

작가들은 문학기행을
어떻게 갈까

궁금했다
조용히 앉아서 가겠지

예상과는 달리
자기소개 시간이란다

자작시를 낭송하면
된단다

어, 쉽네
뭔가 다르긴 다르구먼

동요를 부르는 사람
시 같은 찬양을 부르는 사람
좋아하는 시를 암송하는 사람

나는 자작시를
낭송한다

사회자가
"머리끝부터 발끝까지
흔들림이 있는 시였습니다"

칭찬은 언제
누구에게 들어도

기분 좋고 힘을 주는
마법이다

작가들의 문학기행은
뭔가 색다르고 마음이 편하다.

생명력

깊고 깊은 숲속에서도
불가사의하리만큼
신비로운 생명체를 볼 수 있다

봄이 되면 깊은 산속에서
이름 모를 다양한 들꽃들이
서로 어울리며 피는 것도
신비롭다

척박하기 그지없는 바위틈에서
오랜 세월 동안 세찬 비바람과
모진 눈보라를 이겨내고

고고하게
자라고 있는 소나무도
경이로움 그 자체다

어디 그뿐이랴

저 수직 암벽에 위태롭게

매달려 자라고 있는 식물을 보라

누가 저곳에

심지도 않고

씨를 뿌리지도 않았는데

어떻게 저곳에서 자라고 있을까

신의 섭리가 아니고서야

달리 설명이 되지 않는다

이 순간 그분께

절로 머리가 숙어진다.

가장 귀한 보배

세상에서
가장
귀하고
값진 보배

그건
바로
너란다.

기적

오늘도 기적은
일어나고 있다

다만 그것을
믿지 않을 뿐

너의 기적을 믿어봐

기적은 너의 것!

다 알아야 되는 삶

다 알아야 되는 삶
참 피곤한 삶이다

그만큼 책임도 져야 되는 삶
이것도 참 피곤한 삶이다

이젠 몰라도 되는 삶
참 자유로운 삶이다

책임을 져야 할 것도 없는 삶
정말 행복한 삶이다

이 홀가분 한마음
하늘을 나는 새처럼 가볍다

이런 편안함
얼마 만에 맛본 행복인가
이보다 더 좋을 순 없다.

부부송

많고 많은 만남 중에 가장
귀한 만남이 부부가 아닌가 싶다

만나지 못했더라면
안타까웠을 귀한 만남

마주 보는 부부가 아니라
함께 같은 방향을 바라보는 부부이면 좋겠다

앞서거니 뒷서거니가 아니라
걸음을 맞추어 손잡고 같이 걷는 부부

나중까지 아주 나중까지
그렇게 사랑하며 함께 살아갈 동지

부부송이여
부부송 부르며
백 년 천 년 함께 해로하시라.

너의 태양

내일의 희망이라고는 겨자씨 한 알만큼도
보이지 않는다는 그대여!

많이 힘들지?
많이 힘들었겠구나!

별은 언제나 혼자서 반짝인단다
여름 장맛비도 그칠 날이 있단다

혼자서 너무 힘들어 마라
이담에 언젠가는 밤하늘의 별처럼

너의 빛도
누군가에게 길이 된단다

내일은 너의 태양이
반드시 뜰 거야!

다시 일어나라

그대 다시 일어나라

지금의 고난이 견디기에 너무 힘들고 지쳐 앉아 있는 그대
힘을 내라

힘들다고 주저앉아 좌절만 하고 있을텐가
저 고목의 자태를 보라

부러지고, 생존을 위한 고군분투
다시 일어나 독수리 날갯짓하듯

저 하늘을 향해 힘차게 용솟음치는 생명력이
얼마나 경이로운가

그대, 힘을 내어 그분의 손을 잡고
다시 일어나라

지금 이 순간에도 그분은
그대와 함께 일하고 계신다.

내 마음속의 빈 의자

시끄러운 내 마음
머물 곳이 어디에도 없을 때 있다

흔들리며 떠도는 내 마음
갈 길 몰라 방황하는 내 마음

고달픈 내 마음
내려놓을 곳이 필요하다

휴식하며 여유를 찾고
위로를 받을 수 있도록

내 마음속에
빈 의자를 놓아주어
쉬게 해야겠다

지치고 힘든 아이야
이제는 편히 쉬어라!

일상으로 복귀

9일간의 튀르키예 여행을 마치고 난 후 다시
일상으로 돌아오는 데 4일씩이나 걸렸다

하루빨리 되돌아와야 한다는 조급함도 있었지만
이번에는 그냥 순리에 맡기고 기다려 본다

시간이 지나면서 자연스럽게 조금씩
몸과 마음도 회복된다

긴긴 휴식 후 일상으로 돌아오는데
어른인 나도 많은 시간이 필요하다

아이들이 방학을 마치고 개학하면
더 많은 시간이 필요할 테니
다그치지 말고 기다려 줘야겠다

휴식이 필요한 만큼 일상으로 돌아오는 데도
시간이 필요하다.

서울영상고 뒤 벚꽃길. 전국에서 모인 아이들이 저마다의 꿈을 이루어가는 꿈길!

제 4 부

놑이 멀리 비상하라

밥상

소찬素饌과 대찬大饌의 판단 기준은
반찬의 가짓수가 아니라 준비하는 이와 먹는 이의
마음이리라

아무리 초라해 보이는 밥상 일지라도
준비하는 이의 사랑과 정성이 가득 깃들어 있고

먹는 이가 감사함으로
맛있게 잘 먹으면 그게 대찬인 게다

그런 밥상이 있는 가정은 대찬이요
행복하고 건강한 밥상이다

고로
소찬과 대찬의 판단 기준은 사랑과 정성
그리고 감사한 마음에 있다.

　　　치유, 사랑이 답이다

길·1

책에게
길을 묻다

책에서
길을 찾다

책 속에
길이 있다!

잠은 축복이다

"잠이 보약이다"란 말이 있다
평생 그 말이 무슨 의미인지
실감해 본 적이 없다

그런데 긴 해외여행 후
잠이 보약이란 걸 절실히
실감하고 있다

잠을 잘 자지 못한 이유야
여럿 있겠다

근심 걱정 불안 실연
생활리듬이 깨질 때
불면증으로 고생한다

잠만 잘 자도
건강하다는 의미다

그러니
잠을 잘 자는 것만으로도
감사할 일이다

여호와께서 그의
사랑하시는 자에게
잠을 주신다고 했다

숙면은
건강하고
행복한 삶이고
축복이다.

고추 먹고 맴맴

아버지는 나귀 타고 장에 가시고
할머니는 건넌 마을 아저씨 댁에
고추 먹고 맴맴 달래 먹고 맴맴

얼마나 정겨운 아이의 모습인가
어른들이 없는 동안
심심하고 호기심 많은 아이가
집에서 고추랑 달래도 먹어보며
노는 모습이 마냥 행복해 보인다

요즘 애들은 어른보다 바쁘다
학교 가랴
학원 다니랴
핸드폰 하랴
PC방 가랴
학교 학원 숙제하랴

도통 놀 시간이 없다

애들이 얼마나 숨 막히겠나

그들도 그들만의 시간이 필요하다

다음 세대를 이끌어갈

사랑스러운 우리 아이들이

몸도 마음도 건강하게

맘껏 뛰놀 수 있는

자유로운 여유가 필요하다

핸드폰과 게임에서 자유롭고

학원 가방 둘러메지 않고

마음껏 뛰놀고

재미있는 책도 많이 읽으며

행복하게 노래하는

우리 아이들의 모습을 보고 싶다!

다음 세대

아름답고
믿음직스럽고

씩씩한
우리들의

멋진
다음 세대들이

앞으로 앞으로
힘차게
나아갑니다.

섬생이

아기섬 섬생이를 아시나요
482개 섬에는 섬이 좋아 사람이 살고
2,876개 섬에는 산새 들새 식물들만 살지요

아름다운 제주도의 아우 섬 추자도
상추자도의 형제섬 하추자도
하추자도의 아기섬 섬생이

섬 탐방의 마지막 종착섬 섬생이
찾는 이 없어도 외로워 말아라
내가 있잖니

그 애를 만나러 다시 가고 싶다

꽃처럼 아름다운 3,358섬
친구들아 잘 있거라
또 만나자, 안녕!

나만 몰랐다

내게 기뻐할 일이
얼마나 많은지
나만 몰랐다

내게 감사할 일이
얼마나 많은지
나만 몰랐다

그분이 나를
얼마나 사랑하는지
나만 몰랐다

그분이 언제 어디서나
나와 동행하시는지
나만 몰랐다

난 철없는 아이!

호박꽃

호박꽃이 꽃이냐고들 한다
그렇다 호박꽃도 분명 꽃이다

노오란 호박꽃이 얼마나 소박하고 예쁜가?

호박꽃 찜 호박꽃 만두 호박꽃 전
호박꽃 튀김도 만들어 먹을 수 있다

어디 그뿐인가
맛있는 호박떡도 만들어 먹을 수 있고
맛있는 호박잎 쌈으로도 먹을 수 있다

이젠 호박꽃도 꽃이냐고 묻지 마라
호박꽃을 어찌 장미꽃에 비하랴

노오란 호박꽃은 그 자체로
유용하고 예쁜 꽃이다.
세상에 귀하지 않은 것은 없다!

과하면 탈난다

과식하면
배탈이 난다

과속하면
사고가 난다

과음하면
속을 버린다

부모 사랑이 과하면
화를 부른다

연인의 사랑도 과하면
파국을 맞는다

무엇이든 과하면
탈 난다!

좋은 인생

하고 싶은 일을
하면서 사는 인생이
참 좋다

하고 싶지 않은 일을
하지 않고 사는 인생은
더욱 좋다

지금의 내 인생이
참 좋다!

사는 이유

왜 사는 걸까?

그냥!

아니면
살려고 사는 걸까?

아니지 아니지
하고 싶은 거 하려고 사는 거지!

행복, 그거 별거 아냐!

좋아하는 거
하고 싶은 걸 찾아
즐기는 거지

찾자
떠나자
나의 행복을 위해!

종돈

부엌 부뚜막에 종돈 무랑이 있다

엄마는 밥할 때마다 쌀 한 줌씩을 덜어 넣는다
그게 모이면 쌀장수에게 판다

그건 아버지도 인정한
엄마의 비상금이자 비자금이다

엄마는 과역 5일장에서 친정 동네 사람들 만나면
그 돈으로 외할머니가 좋아하는
핀엿을 사서 보내곤 한다

엄마가 그랬듯
나도 엄마한테 핀엿을 사다 드리고 싶다

근데 그 엄마가 내 곁에 없다
엄마가 많이 보고 싶다!

며늘아기·2

그 아이가
내 맘속에
들어오면

맛있는
사탕과
아이스크림을
많이 많이
사주겠다!

도대체
넌 어딨는 거냐!

며늘아기·3

그 아이가
내 맘속에
쏘옥 들어오면

아무도
모르게
용돈을
주겠다!

난 며늘아기
바라긴가 보다!

되돌아가는 지혜

누구나 길을 잘못
들 수도 있다

되돌아가자니
뒤처질 것 같고

그렇다고 되돌아가지
않으면 큰 낭패다

잘못을 인지하는 순간
바로 되돌아오면 그만
고집부리다간 낭패다

자존감은 높이되
자존심은 버려라

되돌아가는 용기
그게 삶의 지혜다.

공부 공부 공부

공부가 좋아서 하는 걸까요
공부는 잘 하지 않아도 돼요
모두가 다 잘할 필요도 없구요

보고 싶은 님을 만나기로 했나요?
마음이 설레지 않나요? 기다려지지 않나요?

님 만남을 위한 꽃단장이 힘든가요
1만큼도 힘들지 않지요
왜냐하면,
내가 좋아하는 님을 위한 거니까요

공부, 정말정말 하기 싫지요. 그런데요,
공부는 내가 좋아하는 일을 하기 위해 하는 거래요

한 번 생각해 보세요. 내가 좋아하는 일이 무엇인지
그리고,
그 일을 하기 위해서 내가 뭘 해야 할 지를요.

지혜로운 사람

지혜로운 사람은
자신의 판단에 자신감을 잃지 않으면서도
때로는 자신도 틀릴 수 있음을 인정한다

우리네 인생에서 실패할 것 같은 상황에서 성공하고
성공할 것 같은 상황에서는 실패하는 경우도 있다

늘 성공하리라는 법은 없다
그렇다고 항상 실패하라는 법도 없다

지혜로운 사람은 이러한 상황에 대해
깊은 이해와 현명하게 대처하는 방법을 알고 있다

지혜로운 사람은 실패했을 때 주저앉아 있지 않고
앞으로 이룰 성공을 위해 다시 일어선다

모든 성공과 실패 경험은 우리의 삶이 더욱 풍성하고
아름다운 열매를 맺게 한다.

님의 해

수고했어요!

미안했어요!

고마웠어요!

사랑해요!

신년은
님의 해가 될 거예요!

할미꽃

물 한 방울도 없을법한 저 수직 바위틈에서
할미꽃은 무얼 먹고 어이 살아내는 걸까?

"너희들 어떻게 여기서 사니" 했더니

옆에서 그 모습 카메라에 담고 있던
작가님 한 말씀 하시었다.

"우리도 배워야 돼"

"맞습니다"

널 보기 위해 전국에서 먼 길 마다치 않고
왔으니 넌 외롭지는 않겠구나

저 강인한 생명력

참 고귀하다!

오늘 너에게서 삶을 배워간다.

높이 멀리 비상하라

벗꽃이 아름다운가. 부러워 마라
그대 청춘들이 더 아름답다

벗꽃은 잠시 잠깐 폈다 지지만
그대들의 미래 꽃은 영원히 활짝 피우라

이제 며칠 후면 이별이지만
그래도 벗꽃은 내년에 다시 찾아온다

그대 아름다운 꽃들도
내년 봄에 활짝 핀 모습으로 다시 만나리

영상에서의 마지막 고딩 생활
인생에서 황금보다 귀한 아름다운 시기
알알이 열매 맺기를 소망해 본다

그대들, 높이 높이 비상하라
그대들, 멀리 멀리 비상하라

내게 행복을 주는 그대들

미안하다

사랑한다

고맙다

그대들의 삶 가운데

주님의 은혜와 하나님의 크신 사랑과

평안이 이제로부터

영원까지 함께 하시기를 축복하노라!

백두대간 700km 시작 구간(중산리−성삼재). 시발점인 지리산 천왕봉에서 맞이한 장엄한 일출 장면!

제 5 부

힘 내라 힘

그대

그대 없는 내 인생은
앙꼬 없는 찐빵이요

그대 없는 내 인생은
고무줄 없는 팬티요

그대 없는 내 인생은
김빠진 콜라요

그대 없는 내 인생은
내 최악의 인생입니다.

변화

사람은 변하지
않는다고들 한다

그렇다 사람은
여간해서는 변하지 않는다

사람은 정말 변할 수 없을까
예외는 언제나 있는 법

예수님을 인격적으로 만나면
'어느 날 변한 여자'라는
유머처럼 변화할 수 있다

여우 같은 여자에서 여유 있는 여자로

화난 여자에서 환한 여자로

따지는 여자에서 따뜻한 여자로

착각하는 여자에서 자각하는 여자로

색기 있는 여자에서 색깔 있는 여자로

밝히는 여자에서 밝은 여자로

남들에게 애먹이는 여자에서

남들 때문에 애태우는 여자로

답답한 여자에서 답을 아는 여자로

빚이 많던 여자에서 빛을 발하는 여자로

결코 변할 것 같지 않은 견고한 사람이라도

그분과 함께라면 변할 수 있다

변화 받은 만큼

사랑 받고

변화 받은 만큼

쓰임 받고

변화 받은 만큼

행복해질 수 있다.

희망의 빛

빛은 세상의 어둠을 밝히고
우리 마음의 어둠도 걷어낸다

떠오르는 찬란한 태양 빛을 보며
사람들은 새로운 희망을 품는다

그래서
사람들은 일출명소를 찾나 보다

유난히도 추웠던 지난겨울
그 추운 눈보라를 뚫고
지리산 천왕봉에 올라
일출을 보려는 사람들은
어떤 희망을 품었을까

칠흑 같은 어둠 가운데서도
아주 작은 희미한 빛이 보인다는 것은
이제 조금만 기다리면
곧 아침이 밝아 온다는 것

쥐구멍에도 해 뜰 날 있다
세상천지가 모두 다 암흑천지로
뒤덮인 캄캄한 밤일지라도
반드시 붉은 태양과 함께
아침은 온다

그래서
희망의 아침을 기다려 볼 수 있다는 것

해피투게더라고들 한다
혼자서는 힘들지만
같이 하면 쉽고 행복하다

친구야
우리 맘속에 희망의 빛을 품고
손잡고 함께 가보자.

내일 일은 내일 걱정

진짜 똑똑한 사람은
내일 일어날 일에 대해서
말하지 않는다
그리고
오늘 이미 일어났던 일에 대해서도
말하지 않는다

오늘의 실패에 대해서는
더 이상 논하지 말라
그리고
내일 해야 할 일은
그냥 내일 하면 된다

세상에서 제일 미련한 사람은
일어나지도 않을 내일 일에 대해서
미리 걱정한다
그리고
오늘 이미 일어났던 일에 대해서도
자책하며 아쉬워한다

치유, 사랑이 답이다

걱정의 내용을 잘 살펴보면
걱정한다고 해결될 일이 아닌
경우가 대부분이다.
한마디로 괜한 걱정을
하고있는 것이다

그러니
내일 일을 위하여 염려하지 말라
내일 일은 내일이 염려할 것이요
한 날 괴로움은
그날에 족하다고 했다.

첫 강연

인생 첫 강연이 생각난다

첫 강연이라 긴장을 하면서
원고지가 닳도록 반복하고
또 반복하면서 준비를 한다

강사료보다 더 많은
선물도 준비해 간다

인천에 있는 여자고등학교다
한여름에 에어컨도 없이
선풍기만 돌아간다

비좁은 도서관에 모여있는
눈빛이 반짝반짝 살아
빛나는 아이들

예정시간을 훌쩍 넘겼지만
자세가 흐트러진 학생은 없다

강연자와 청중의 열기가
더위보다 더 뜨겁다

무더위까지
시원하게 날려버린
멋진 첫 강연이었다

지금은
그 아이들이
어디서
어떤 꽃이 되어
사는지 궁금하다

그때 나를 초청했던
열정 넘쳤던 선생님은
그 학교 교장 선생님이 되었다

그들 모두에게
하나님의 축복을 기원한다.

행복한 사람

집에서 가족들을 위해 음식을 만들 때
향긋한 내음을 맡는다면

그는 행복한 사람
그 가정엔 사랑과 웃음과 행복이 넘친다

아이들을 가르치는 사람이
아이들이 떠들며 노는 소리가
즐거운 음악 소리로 들린다면

그는 행복한 사람
그 학교엔 사랑과 웃음과 행복이 넘친다

우리 모두에게 사랑과 웃음과 행복이
넘치기를 소망한다.

징검다리

한 가족들이 재밌게
계곡 물이 흐르는
징검다리를 건넌다

넘어질 듯 말듯
서로 손을 잡아주면서
균형을 잡아준다

계곡에는
요란하고 정겨운
웃음소리가 메아리친다

그 가족의
행복한 소리다.

엄마의 인생

엄마의 인생은 다 주고도 또 더
줄 것이 없는지 찾는 인생

엄마의 인생은 주는 것만 알고
받는다는 것을 모르는 인생

엄마의 인생은 서운하다고 하면서도
그 마음을 표현하지 못하는 인생

엄마의 인생은 서운하다고 표현하고 나서
마음 아파하는 자식보다 더 마음 아파하는 인생

엄마의 인생은 마른 헝겊에서 물을 짜듯이
남은 사랑까지 짜내어 주는 인생

애야, 넌 그거 아니? 그게 네 엄마의 인생이란 걸
그래서 엄마를 '하나님의 대리인'이라고들 한단다.

고드름

수정처럼 맑고 깨끗한 고드름이 깊은 산속
양지바른 바위 끝에 쭈르륵 서 있어요

고드름의 모양이
주름진 코끼리 코를 닮았어요

엄마 코끼리 코 아빠 코끼리 코
누나 코끼리 코 막둥이 내 코

옆집 친구네 코끼리 가족들의 코도
나란히 나란히 정답게 서 있어요
우리는 사이좋은 이웃사촌 코끼리 가족들이지요

날씨가 따뜻해지면
녹아서 없어져 버릴
코끼리 가족들은 어쩌면 좋아요

코끼리 가족들아 안녕!

딱따구리

딱딱딱 따다닥
딱따구리가 나무를 쪼는 소리

이 추운 겨울에 딱딱딱
왜 그럴까

이 겨울에 먹이를 찾으려는 걸까
집을 지으려는 걸까

친구네 집에 가서
문 열어 달라고 노크하는 걸까

노래를 못하는 딱따구리는
나무를 쪼는 행동으로
친구들과 의사소통을 한대요

따뜻한 봄까지
친구들과 잘 지내렴!

사춘기

흔들리지 않고 자라는 나무는 없다
갈대도 흔들리며 그곳을 지킨다
아무리 흔들려도 부러지지는 않는다
나무는 그렇게 흔들리며 자란다

내 아이도 흔들리며 자란다
사춘기 내 아이 돌아온다

너무 조급해하지도 마라
지나치게 서두르지도 마라

힘들겠지만 날마다 조금씩
힘을 내 보자

그냥 좀
기다려 봐 주자.

네 가슴속의 별

네 가슴속에
빛나는 별이 있는가

아직 그 별이 없다면
가슴속에 별을 품어라

그 별에 이르려거든
미쳐야 한다

미치지 않으면
미칠 수 없다.

치유, 사랑이 답이다

짧은 인생

우리의 연수가 칠십이요
강건하면 팔십이라 했다

인생은 100년도 못사는데
우리는 어리석게도
1,000년 치 걱정을 가지고 살아간다

수고와 슬픔이 가득한
인생길을 살아가면서

세상의 부귀와 영화가 다 무엇이냐
건강을 잃으면 모든 것이 다 헛되고 헛되는 것을

내게 없는 것 때문에 기죽지 말고 내게만 있는 것을 찾아
자존감을 갖고 감사하며 살라

이젠 그분 앞에 조용히 내려놓고 마음을 비우고 행복하게
값진 인생을 살아보라.

힘내라 힘

참
잘했어요!

지금도
잘하고 있어요!

그러니
넌 앞으로도
잘할 수 있을 거예요!

힘내라 힘!

단비 같은 삶

여름 장맛비가 세차게 내리는 아침이다

단비는 가뭄에 내리는 비
온 대지를 촉촉이 적셔주어 농작물의 성장을 돕고
우리에게 식수도 공급해 준다

민폐 비는 농부가 애써 길러놓은
농작물의 결실에 방해를 준다

심지어 다 자란 농작물을 흔적도 없이 쓸어버릴 때도 있다
물난리 중에 사람들이 먹을 식수를 걱정케 할 때도 있다

내가 살아 있는 것 자체가
주변 사람에게 민폐는 아닌지

나의 삶이 단비처럼 주변에 선한 영향을 끼치는
삶이길 소망해 본다.

쉿! 핸드폰

이른 아침 조용한 지하철 안

큰 소리로 통화를 하는 사람
큰 소리로 음악을 듣는 사람
큰 소리로 영상을 보는 사람
큰 소리로 대화하는 사람

소란스럽고 신경이 쓰여 자리를 옮겨 본다
아뿔싸 옆자리 아저씨도 큰 소리로 드라마를 본다

이를 어쩔!

지하철이 내 차도 아니고
전세를 낸 건 아니지만

그래도 조용하게 가고 싶은 것이
나만의 욕심일까?

익은 곡식

저 높고 푸른 가을 하늘의 푸른 들판을 보라
익은 곡식은 말없이 고개를 숙인다

이게 자연의 법칙이다

인간은 어떤가?

제각각 잘났다고
더욱더 머리를 쳐들질 않나

나를 봐 달라고 나를 알아봐 달라고
내가 너보다 더 잘났다고 아우성이다

그럼
넌 어떤가?

짝꿍

늘 함께 붙어 다니는 친구가 짝꿍이다
매일 아침 우리 시골집 담장 너머로
머리만 빼꼼 내민 채 내 이름을 부르며
"학교 가자"라고 외치던 현주
그가 나의 중학교 때 짝꿍이다

우리는 그렇게 비가 오나 눈이 오나 늘 함께
자전거 페달을 힘차게 밟으며 학교에 갔다

이 청명한 가을에
하얀 뭉게구름 머리에 이고
정담을 나누며
함께 산행하고 싶은

내 짝꿍
현주가 보고 싶다!

그대의 얼굴

마음이 선하고
맑고 밝은 사람은

그의 얼굴
표정까지도 맑고 밝다.

사람의 얼굴은
그의 삶의 흔적과
내면이 녹아든 존재의 표상이다.

그대의 얼굴은
그대의 마음과
인격을 나타내는
그대 인생의 성적표다.

그대 얼굴에
꽃이 활짝 피는 삶이길!

잔상殘像

아름다운 모습은 눈에 남고

예쁜 말 고운 말은 귀에 남고

따뜻한 사랑은 가슴속에 오래 남는다

아름다운 잔상
고운 잔상
따뜻한 잔상은

따스한 햇살이
유리창에 남긴 자국처럼

가슴속 가장 깊은 곳에
오래 아주 오래까지 남아
우릴 행복케 한다.

그 잔상이 사랑의 새순을 틔운다!

바라지 마세요

아무것도 바라지 마세요.
누구에게도 바라지 마세요.

1을 바라면
1만큼 실망하고,
2를 바라면
2만큼 실망도 커요!

그러니,
누구에게도 바라지 마세요.
아무것도 바라지 마세요!

그러면,
마음이 편해져요.
그러면,
당신이 행복해질 수 있어요!

행복은 그렇게
스스로 만들어 가는 거래요!

이 시집을 엮으면서 문득 떠오른 생각이 있습니다.

나는 왜 시를 쓰는가? 그 답은 사랑이었습니다. 사랑하는 사람이 아파할 때, 말로는 다 못 전하는 위로를 시 〈바라지 마세요〉로 전하고 싶었습니다.

그 시를 시작으로, 저는 누군가에게 도움이 되기를 바라는 마음으로 시를 써왔고, 시를 통해 저 또한 위로받고 힘을 얻었습니다.

이 시집은 우리 마음에 따뜻한 햇살처럼 다가와, 치유의 시작이 "사랑"임을 말해주고 싶었습니다. 읽는 이마다, 사랑받고 있는 존재임을 깨닫기를 소망합니다.

이제 이 시집은 저를 떠나 당신의 곁으로 가게 됩니다. 혹시 당신이 흔들리고 있다면, 이 시들이 작은 위로가 되었으면 좋겠습니다. 혹시 당신이 지쳐 있다면, 이 시들이 다정한 응원이 되었으면 좋겠습니다.

그리고 무엇보다도, 당신이 다시 일어날 수 있기를 간절히 바랍니다. 이 책이 당신의 마음을 조금이라도 어루만져 줄 수 있다면, 그것만으로도 저는 충분히 감사하고 행복합니다. 당신의 삶이 언제나 빛과 평안 속에 머물기를 기도합니다.

2025년, 봄

신철식

동심의 시인 천심의 시인

- 신철식 시집 『치유, 사랑이 답이다』에 부쳐

나태주(「풀꽃」 시인)

동심의 시인 천심의 시인

– 신철식 시집 『치유, 사랑이 답이다』에 부쳐

나태주(「풀꽃」 시인)

» **1**

이 시집의 저자 신철식 선생은 내가 오래전부터 알고 지내던 분이 아니다. 최근에 알게 된 분인데 어떤 인연으로인지 알게 된 분이고 언제부터인지 내 이메일로 매일이다시피 소식을 전해오는 분이다. 생활에 대한 소식보다는 내 시집이나 책을 읽은 소감, 그러니까 독후감을 적어서 보내는 분이다.

처음에는 한두 차례 그러고 말려니 했는데 예상을 뒤집고 그 일이 계속되고 있었다. 나의 저서가 200권은 넘으니 200회 가깝게 이메일은 계속되고 있었다. 정말로 처음에는 그러려니 했는데 횟수를 거듭할수록 그 일은 보통의 일이 아니고 나에게 큰 의미로 다가왔다.

이분은 어쩌면 좋을까? 드디어 나는 나의 책만 읽을 게 아니라 시 쓰기를 권했는데 알고 보니 이분은 이미 오래전부터 시를 쓰고 있는 분이었고 상당량의 시작품을 보유하고 있는 분이었다. 대개 나이가 젊은 분에게 나는 앞으로 더 시를 공부하고 시를 써 보라고 안내한다. 하지만 나이가 든 분에게는 시 앞으로의 시 쓰기보다 시집 내기를 권한다.

당연히 신철식 선생은 후자의 경우이다. 교직에서 교장의 자리에서 일하면서 사회적 경륜도 많이 쌓은 분이니 시집으로 자기를 표현하고 기념하는 일은 매우 당연한 일로 여겨졌다. 한 차례 공주의 풀꽃문학관을 방문, 나하고 대담의 시간도 오래 가졌다. 나는 서울의 밥북 출판사의 주계수 사장을 이분에게 소개해 드렸다.

주계수 사장은 참 마음씨가 비단결 같은 분으로 이런 방식으로 내가 소개한 분들의 책을 여러 차례 내주신 분이다. 출판사 사장으로서 바른 심정과 자세로 출판업에 종사하는 것으로 보인다. 이 자리를 빌려서 감사의 말씀을 전한다.

우선, 신철식 선생의 시 작품은 인생에 집중하고 삶에서 오는 감회와 문제들을 바탕으로 출발한다. 일테면 어른의 타이름이나 삶의 경구警句와 같은 표현이 많이 들어 있다. 연치와 직업에서 오는 자연스런 발로로 보인다.

진짜 똑똑한 사람은
내일 일어날 일에 대해서
말하지 않는다
그리고
오늘 이미 일어났던 일에 대해서도
말하지 않는다

오늘의 실패에 대해서는
더 이상 논하지 말라
그리고
내일 해야 할 일은
그냥 내일 하면 된다

세상에서 제일 미련한 사람은
일어나지도 않을 내일 일에 대해서
미리 걱정한다

그리고

오늘 이미 일어났던 일에 대해서도

자책하며 아쉬워 한다

- 「내일 일은 내일 걱정」 전문

이른바 이런 작품을 말한다. 누군가 어린 사람이 앞에 있는 듯하고 그에게 주는 도움말이나 충고처럼 들린다. 그러하다. 인간은 그가 살아온 내력을 숨기기 어렵다. 이런 글에서도 저자가 그동안 교직에 있었으며 사람을 가르치는 일에 종사했음을 짐작하게 한다.

저자가 지금 주문하는 것은 '똑똑한 사람'이다. 말하자면 지혜로운 사람이다. 그렇게 지혜로운 사람이 가져야 할 조건을 제시한다. 첫째는 '내일 일어날 일에 대해서/ 말하지 않는' 사람이고 '오늘 이미 일어났던 일에 대해서도/ 말하지 않는' 사람이다.

나아가 저자가 요구하는 조건에 맞는 사람은 '오늘의 실패에 대해서는/ 더 이상 논하지' 않는 사람이고 '내일 해야 할 일은/ 그냥 내일 하'는 사람이다. 이어서 요구하는 항목은 '일어나지도 않을 내일 일에 대해서/ 미리 걱정'하는 사람에 대한 경계와 '오늘 이미 일어났던 일에 대해서도/ 자책하며 아쉬워'하는 사람에 대한 충고다. 이런 사람은 저자는 '세상에서 제일 미련한 사람'이라고 정의한다.

　이런 글을 통해 독자는 저자의 지혜를 배울 것이고 그것을 자기들 삶에 적용하면서 보다 나은 인생을 꾸려 가는데 도움을 받을 것이다. 현명한 인생을 산 어른이 마땅히 주어야 할 선한 영향력을 이런 데서도 살피게 된다.

　　첫눈이 내렸어요!
　　눈이 부시도록 아름다운
　　하얀 눈이에요

　　가로수는 새하얀
　　옷을 입고 있네요

　　공원의 어린 대나무는
　　아빠의 하얀 갑옷을 입고
　　힘겨웠는지 그만 누워 버렸네요

　　하얀 눈을 뒤집어쓰고 있는
　　여리고 여린 꽃나무들은
　　어떻게 하면 좋아요

꽃들아 다음에 또 보자 안녕!

- 「첫눈」 전문

일견, 동시처럼 읽히는 작품이다. 그러하다. 무릇 좋은 시는 동시처럼 읽힌다. '동심童心이 천심天心'이란 말씀이 있다. 그대로 동심은 나아가 시심이기도 하다. 동심 없이 시를 쓰는 시인은 드물다. 아니다. 동심이 있어야만 시를 쓴다. 이러한 전제는 신철식 선생에게도 어김없이 적용된다. 그런 점에서 신철식 선생은 '동심의 시인'이고 '천심의 시인'이라고 할 수 있을 것이다.

'첫눈이 내렸어요!' 첫 문장의 감탄부터가 동시적 발상이다. '가로수는 새하얀/ 옷을 입고 있네요'는 또 그대로 의인법이면 어린이의 중얼거림이다. '공원의 어린 대나무는/ 아빠의 하얀 갑옷을 입고/ 힘겨웠는지 그만 누워 버렸네요' 역시 어린이의 시각이면서 의인법이다.

마지막 구절은 어떤가? '꽃들아 다음에 또 보자 안녕!' 이것은 지극히 천진한 어린아이의 속삭임이며 선한 미소가 들어 있는 문장이다. 이러한 문장을 통해 독자는 한없이 순결하고 아름다운 세상을 경험하게 될 것이며 스스로 그런 세상에 사는 사람이 될 것이다.

이른 아침
어스름한 하늘을 가르며
둘이서 정답게 나는 저 새들은

아침 마실을 가는 걸까요?
아침을 먹으러 가는 걸까요?

아니면
아이들 먹이를
찾으러 가는 걸까요?

아무튼
참 예쁜 모습이지요!

– 「아침 마실」 전문

이 역시 매우 깔끔한 한 장의 그림 같은 작품이다. 동심이 깔렸다. 시에 나오는 '마실'이라는 단어는 요즘 사람들이 잘 사용하지 않는 말이다. 하지만 그 말은 매우 정겨운 말이다. '이웃에 놀러 다니는 일'이 사전적 풀이인데 농경사회 시대 농촌 사람들의 삶의 모습을 담은 단어이다.

'이른 아침/ 어스름한 하늘을 가르며/ 둘이서 정답게 나는'

새들을 보면서 저자가 한 상상의 세계를 그렸다. 어쩌면 자신의 유년의 모습, 그 추억을 반추하면서 쓴 글인지 모른다. 무릇 좋은 시는 그림과 통한다. 시를 가리켜 '언어로 그린 그림'이라 하지 않았던가!

» **3**

나는 신철식 선생의 고집과 집념을 꺾을 능력이 없다. 이미 세상의 좋은 어른으로 살았고 지금도 영향력 있는 자리에서 살고 있으니, 앞으로도 그렇게 사시라고 말할 수밖에는 없다. 하지만 시를 쓰는 일에 관한 한 필자의 책_{나태주의 책}은 이제 그만 읽고 다른 시인들의 시를 보다 더 많이 읽어 시를 만나는 세계를 넓히라는 말씀을 드리고 싶다. 그리고 그동안 필자_{나태주}의 책을 정성껏 읽어주시고 일일이 소감을 보내주신 데 대해서도 감사의 말씀을 드리고 싶다. 좋은 세상에서 만난 좋은 인연에 감사드린다.

치유, 사랑이 답이다

펴낸날 2025년 5월 21일

지은이 신철식
펴낸이 주계수 | **편집책임** 이슬기 | **꾸민이** 최송아

펴낸곳 밥북 | **출판등록** 제 2014-000085 호
주소 서울특별시 마포구 양화로 156 LG팰리스빌딩 917호
전화 02-6925-0370 | **팩스** 02-6925-0380
홈페이지 www.bobbook.co.kr | **이메일** bobbook@hanmail.net

© 신철식, 2025.
ISBN 979-11-7223-077-7 (03810)